par Poisson

LUBIN

OU

LE SOT VANGÉ.

COMEDIE.

A PARIS,

Chez JEAN RIBOU, au Palais,
dans la Salle Royale, à l'Image
Saint Loüis.

M. DC. LXXVIII.

PERSONNAGES.

LUBIN, où le sot vangé.

LUBINE, femme de Lubin.

LE COMPERE, amoureux de Lubine.

M. RAGOT, amoureux de Lubine.

CROQUILLON, valet du Compere.

La Scene est à Paris.

LE SOT VANGÉ.
COMEDIE.

SCENE PREMIERE.
M. RAGOT, LUBINE.

LUBINE.

Uoy ! vous osez, Maistre Ragot,
Maistre importun, & maistre sot,
Me venir rendre encor visite;
Moy qui vous hais, & vous évite,
Comme l'on évite la mort !

M. RAGOT.

Ne vous emportez pas si fort,
Lubine, voicy la derniere :
Vous estes pour moy chaste & fiere,
Mais le Compere a tant d'appas

A ij

LE SOT

Que pour luy vous ne l'estes pas.

LUBINE.

Vous l'avez dit, qu'en peut-il estre?

M. RAGOT.

Rien, car vous n'avez point de Maistre:
A dire vray que craindriez vous?
Vostre mary rolié de coups,
De vous & de l'heureux Compere,
Qui mange chez vous d'ordinaire?
Et qui je pense y couche aussi?
J'en aurois fort peu de souci,
Mais vous me traitez d'une sorte.....

LUBINE.

Faites vos plaintes à la porte,
Je suis lasse de l'entretien
D'un homme plus sot que le mien.　　*Elle rentre.*

M. RAGOT.

Ah! c'est trop m'épriser ma flame;
Je m'en sçauray venger, infame,
J'encourageray ton mary,
Je chasseray ton favory;
Enfin je m'en vay dans ma rage
Te faire un diable de ravage,
Dés aujourd'huy ton sot époux
Te donnera deux mille coups:
Mais pour commencer cet affaire,
...lons empaumer le Compere.

SCENE II.

LE COMPERE, CROQUILLON,

CROQUILLON.

D'Oû vient ce grand empreſſement ?
LE COMPERE.
Il regarde ſa montre avec empreſſement.
Il eſt huit heures juſtement,
C'eſt l'heure qu'elle m'a donnée.
CROQUILLON.
Je ne ſçay point de haquenée,
Dont l'amble......
LE COMPERE.
Veux-tu m'obliger ?
C'eſt icy l'heure du Berger,
La manquer !
CROQUILLON.
Mon maiſtre extravague.
LE COMPERE.
A propos donne moy ma bague.
CROQUILLON.
Mais Lubin ce pauvre Jobet,
Qui va querir comme un Barbet,
Et qui vous rapporte de meſme,
Dont la patience eſt extrême,
Ce mary plus battu qu'un chien,
Qui voit beaucoup, & ne dit rien,
Enfin ce plus ſot que tout autre,

A iij

Dont la femme est, je croy, la vostre,
N'est-il pas sur vostre journal
Marqué pour un original ?

LE COMPERE.

Donne donc, il est fort commode.

CROQUILLON.

Il n'en amene pas la mode,
On le pratique en toutes parts :
Diable la mode des Cornards
Est une mode d'importance;
On ne la change point en France,
Les autres durent quinze jours,
Mais celle-là dure toûjours.

LE COMPERE.

C'est l'objet de ta raillerie.

CROQUILLON.

Il revient de la boucherie
Querir une teste de veau;
Il vient de rentrer.

LE COMPERE.

                      Mon anneau ?
Que ta longueur me desespere !

CROQUILLON.

Vous allez donc voir la Commere ?

LE COMPERE.

Oüy, maudit traitre, en cét instant
Que tu jases, elle m'attend;
Et c'est pour finir mon martyre….

CROQUILLON. *Il donne la bague.*

Courez, je n'ay plus rien à dire;
Mais je crains pour le diamant.

LE COMPERE.

Il se donne en haste un coup de peigne.
C'est peu pour cét heureux moment.

CROQUILLON.

Monsieur, Ragot est à la porte.

LE COMPERE *bas en colere.*

Que veut-il ? le diable l'emporte :
Cours luy dire que d'aujourd'huy
Je ne puis pas parler à luy,
Et qu'une affaire d'importance....

CROQUILLON.

Il n'est plus temps, car il avance.

LE COMPERE *bas en colere.*

Le diable le puisse emporter ?
Coquin, veux-tu pas l'arrester ?

CROQUILLON.

Il vient, songez à luy répondre.

LE COMPERE *bas en colere.*

Que l'enfer le puisse confondre !
Un Vautour luy mange le cœur !

SCENE III.

LE COMPERE, M. RAGOT, CROQUILLON.

LE COMPERE *haut.*

AH ! Monsieur, vostre serviteur.

M. RAGOT.

Je vous ay détourné peut-estre.

LE COMPERE.

Vous vous mocquez.

LE SOT

CROQUILLON.

Ah qu'il est traitre !

M. RAGOT.

Sans vous, amy, je suis perdu.

LE COMPERE *bas.*

Fusse tu mille fois pendu,
Monsieur, allât-il de ma vie   *haut.*
Je ne perdray jamais l'envie
De vous proüver ma passion.

M. RAGOT.

Je suis dans la confusion.

LE COMPERE *bas.*

Et moy je suis dedans la rage.

CROQUILLON.

Cela ne va pas mal, courage.

M. RAGOT.

Portez vous à deux pas d'icy,
Vous m'allez oster de soucy.

LE COMPERE.

J'irois pour vous jusques à Rome
Les pieds nuds.

CROQUILLON.

Ah, le méchant homme ?

LE COMPERE.

Et je vous donnerois mon cœur.

M. RAGOT.

Vostre franchise & vostre ardeur,
Se trouve pour moy sans seconde.

LE COMPERE *bas,*

Derechef l'enfer te confonde ;
Je crains qu'on ne m'aille ravir   *haut.*
L'avantage de vous servir,

M. RAGOT.
Partons.

Le Compere à son Valet.
Tu le payeras, traitre.

SCENE IV.

CROQUILLON seul.

EE bien, vit-on jamais paraistre
Une plus grande trahison ?
Si je rentre dans ta maison
Puissent toutes les chambrieres
Me donner cent coup d'étrivieres.
Je ne puis pas trouver, je croy,
Un plus méchant maistre que toy.

SCENE V.

LUBIN, LUBINE.

LUBIN.

Diable soit ta chienne de vie !
Dis, Carogne as tu point envie
De me traitter plus doucement?

LUBINE.

Va : reporte la seulement

Au boucher, & sans plus attendre,

LUBIN.

Il ne la voudra pas reprendre,

LUBINE.

Mais me veux tu faire enrager ?
Crois-tu que je puisse manger
De cette teste ? Va la rendre.

LUBIN.

Il ne la voudra pas reprendre.

LUBINE.

Elle put, ne la sens tu pas,
Dis luy qu'on la sent de dix pas,
Et qu'il joue à se faire pendre.

LUBIN.

Il ne la voudra pas reprendre.

LUBINE.

Si tu me fais prendre un baston.
Mais voyez son diable de ton !
Il ne la voudra pas reprendre !
Ma foy ! si tu me fais te prendre !
Je te donneray du gros bout,
Et dessus le ventre & par tout
Chien de cornard.

LUBIN.

Je le confesse,
Quand tu n'estois que ma maistresse,
Voyant tout ce que tu faifois
Je vis bien que je le serois;
Et le diable ayant l'avantage
D'avoir fait nostre mariage,
Il n'a pas trop mal reussi,
Car il le vouloit bien aussi.

LUBINE.

Ah ! que de t'avoir je suis lasse ?

L'on me montre au doigt quand je paſſe,
Voila la femme de ce gueux,
Dit-on.

LUBIN.

Moy l'on me montre à deux.

LUBINE.

Moy, t'avoir pris ! moy qui ſuis fille
D'un bon Tapiſſier de la ville.

LUBIN.

C'eſt pourquoy, l'on me l'a bien dit ;
Tu fais de ſi bons tours de lit.

LUBINE.

Quoy tu veux jaſer, chien d'yvrogne !
Reporte donc cette charogne,
Ou je te vay rompre les bras.

LUBIN.

J'y vay, ne me frappe donc pas:
Mais comme il ne la pourra vendre:
Il ne la voudra pas reprendre.

LUBINE.

Encore : tu le payeras
Auſſi-toſt que tu reviendras:
Ne ſuis-je pas bien miſerable
D'avoir pris un homme ſemblable:
Ce gueux eſtoit diſtributeur
De ces billets d'Operateur
Il gagnoit deux ſous la journée.
Regardez combien c'eſt l'année,
Sans aller conter par ſes doigts
C'eſt tout juſte un écu par mois.
N'eſt-ce pas pour faire grand chere.
C'eſtoit un objet de miſere,
Il eſtoit tout deguenillé,
Voyez comme il eſt habillé,

Cependant depuis peu le traiſtre!
Voudroit je croy faire le maiſtre!
Il ne veut que ce qu'il luy plaiſt.
Le ſot, je l'ay fait ce qu'il eſt

SCENE VI.

LUBIN, *l'ayant écoutée.*

EST-ce une ſi belle beſogne
Pour t'en oſer vanter, carogne ?
Fay moy, du moins, m'ayant fait ſot
La grace de n'en dire mot.
Dans l'heureux âge d'innocence
L'on eſtoit toûjours dans l'enfance ;
L'homme & la femme eſtoient heureux,
Ils joüoient à de petits jeux,
Comme à Pont neuf, à Climuſette,
Ou bien à ry ry Bouliette,
Au pied de bœuf, aux oſſelets,
A d'autres plus beaux, ou plus laids,
Au corbillon, à la pantouffle,
En veux-tu plaider ſiffle ſouffle.
A Colin-maillard, aux combats,
A cache cache Mitoulas,
Au combien, à la ſage femme,
A l'accouchée, au Trou-Madame :
L'un d'eux diſoit changeons de jeu,
Joüons à la queuë leu leu,
Il eſt bien plus beau ; ce me ſemble,
Car on ſe tient toûjours enſemble.

La femme aprés avoir bien ry
Prenoit la queuë à son mary,
Et le tout avec innocence,
Mais nous sommes en recompense
Depuis ce temps-là qui n'est plus
Un nombre infiny de Cocus :
Ma femme a franchi la parole,
Je le suis & je me console,
Et quantité qui sont icy
S'en doivent consoler aussi.
Je suis bien le plus miserable,
Car je suis battu comme un diable
D'un drole qui fait les yeux doux
Qui mange & qui couche chez nous:
N'est-ce pas pour estre en colere?
Elle l'appelle son compere,
Il est prés d'elle jour & nuit.
Il couche dans nostre grand lit,
Moy dessous dans une roulette,
Ma femme dans une couchette
Sous un pavillon chaudement;
Le soir on me dit rudement
Couppe du pain bis & du beure:
Et te va coucher de bonne heure,
Quand j'ay souppé de mon pain bis,
Que j'ay decrotté leurs habits,
Que toute ma besogne est faite
Je me jette dans ma roulette,
Mais elle & son passionné
Sont jusques à minuit sonné...

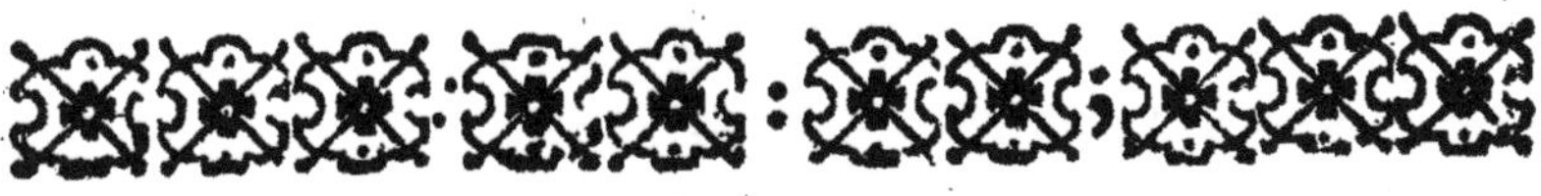

SCENE VII.

LE COMPERE, LUBIN.

LE COMPERE.

EST-elle au logis, ma Commere?

LUBIN.

Oüy, Monsieur : voila le Compere.
Voyez s'il heurte? point du tout,
Son diable de passe-par-tout,
Sçait ouvrir toutes nos serrures :
Que je m'en vais avoir d'injures
D'estre à mettre le pot au feu !
Nous allons, je croy voir beau jeu,
Voicy ma besogne ordinaire.

SCENE VIII.

LUBINE, LUBIN.

LUBINE.

FRotte les souliers du Compere:
He bien, chien? ta teste de veau?

LUBIN.

Il ma redonné d'un morceau

VANGE'.

Qui sera fort bon & fort tendre.

LUBINE.

Il ne la voudra pas reprendre?
L'a t'il pas reprise, faquin?

LUBIN.

Vrayment oüy.

LUBINE.

Va querir du vin,
Et que le rotisseur nous barde
Une bonne & grasse poularde
Pour disner mon Compere & moy.
Tu prendras, si tu veux pour toy,
Ou des noix, ou bien du fromage:
Redonne ces souliers.

SCENE IX.

LUBIN *seul.*

J'Enrage,
Et si Job en ma place estoit
Je pense qu'il enrageroit
Et qu'il diroit en sa colere
La peste étouffe le Compere,
Le diable luy casse les os.

✿✿✿✿✿✿✿✿✿✿✿✿✿✿✿✿✿✿✿✿✿✿✿✿

SCENE X.

M. RAGOT, LUBIN.

M. RAGOT.

L'Occasion s'offre à propos;
Allons donc jetter par avance
Les fondemens de ma vengeance:
Je ne travailleray point mal
Si je puis chasser mon rival
D'auprés cette impudente femme.
Va n'as tu point de honte infame,
Que les voisins entendent tous
Ta femme te roüer de coups?

LUBIN.

Il est vray, voisin, mais qu'y faire?
Faut-il que je m'en desespere?
Le maudit compere qu'elle a
Me hait, & l'oblige à cela.

M. RAGOT.

Que fait-il chez toy ce compere?

LUBIN.

Il fait ce que j'y devrois faire.

M. RAGOT.

J'ay feint d'avoir adroittement
Besoin de luy pour un moment;
Pour l'avertir que l'on le blasme
De voir trop librement ta femme;
Mais loin d'en estre inquieté
En se mocquant il m'a quitté;

Il alloit trouffant fa mouftache
Te monter un vilain panache.

LUBIN.

Vous m'euffiez obligé beaucoup
Voifin, te détourner ce coup.

M. RAGOT.

Encor paffe pour ce Compere,
Car nos femmes ont d'ordinaire
Pour noftre plus grand ennemy
Quelque Compere ou quelque amy ;
Mais on te croit fans raillerie
Chef de la grande Confrairie.

LUBIN.

Voifin, je fuis ce que je fuis,
Et d'eftre autrement je ne puis ;
Ma femme eft, & coquette, & belle,
Je m'en ry tout tombe fur elle,
C'eft fon affaire, brifons-là :
Mais le plus grand deffaut qu'elle a,
Au moins le plus infupportable,
C'eft qu'elle me bat comme un diable,
Car fes coups me rendent la peau
Plus noire que voftre chapeau.

M. RAGOT.

Vois-tu Voifin ? je fuis un homme,

LUBIN.

Je le fçay, qui revient de Rome.

M. RAGOT.

J'ay bien efté dans d'autres lieux,
Et fi je ne fuis pas trop vieux.

LUBIN.

Peut-on aller plus loin que Rome?

M. RAGOT.

Tu n'en as guere veu, pauvre homme !

B

LUBIN.

Guere ? J'ay pourtant veu Paris,
Et le thresor de saint Denis.

M. RAGOT.

C'est voir, sans voir toute la France
Ce qui s'y voit de consequence.

LUBIN.

Mais peste ! je m'amuse bien
J'auray tantost du rost de chien,
Je vay revenir.

M. RAGOT.

Non demeure,
Je m'en vay te ravir sur l'heure:
T'entretenir, estant pressé
De tous les lieux où j'ay passé,
Ces recits seroient incommodes.
Sçache qu'estant aux Antipodes
L'on me fit present d'un thresor
Qui vaut plus d'un million d'or,
Et si ce n'est qu'une racine,
Laquelle mise sur l'echine
D'une femme fut-ce un Demon,
La rend plus douce qu'un mouton.

LUBIN.

Peste ! l'admirable racine !
D'où peut venir son origine?

M. RAGOT.

Du pied d'un arbre que j'ay veu
Qu'avoit planté Lusse-tu-cru,
A ce qu'on dit, & puis fit Gilles.

LUBIN.

Peste ? il estoit des plus habilles:
Ce bois a cette faculté?

M. RAGOT.

Si ta femme en avoit tasté,

LUBIN.

Vrayment je veux bien qu'elle en taſte ;
Mais une autre fois , car j'ay haſte.

M. RAGOT.

Attend , dans un quart d'heure, ou deux
Elle en taſtera ſi tu veux ;
Ce ne feroit plus elle meſme ,
Sa douceur deviendroit extreſme
Par la faculté de ce bois.

LUBIN.

La baiſerois-je quelque fois ?
Pourrois-je coucher avec elle ;

M. RAGOT.

He quoy donc ? la grande nouvelle !
N'y couches-tu pas quand tu veux ?

LUBIN.

Mort-bleu ! que je ſerois heureux !
Ce ſeroit une bonne affaire !
Mais où coucheroit le Compere ?

M. RAGOT.

Qu'il couche au diable deſormais.

LUBIN.

Elle ne le voudra jamais ,
C'eſt un homme qu'elle idolatre.

M. RAGOT.

Mais tu la battras comme plaſtre
Si tu veux , & tu luy feras
Faire tout ce que tu voudras.
Elle viendra dans ſa colere
Te traitter comme à l'ordinaire :
Comme elle prendra ſon haut ton ,
Tu tiendras ferme ce baſton,
Qui vaut mieux que deux vertes gaules :
Tu luy ſangleras les eſpaules

Seulement de quinze ou vingt coups,
Tu la verras à tes genoux
Plus souple & plus obeïssante
Qu'une jeune & neufve servante,
Te dire en larmes, je promets
De n'aimer que toy desormais,
De ne plus souffrir le Compere.

LUBIN.

Ce seroit bien là mon affaire:
Mais l'homme qui l'avoit trouvé
Ce baston...

M. RAGOT.

L'avoit éprouvé:
Mais connoissois tu pas ma femme?

LUBIN.

Oüy, c'estoit une bonne lamme.

M. RAGOT.

Trois coups la rendirent d'abord
Plus douce qu'un enfant qui dort:
Mais il faut dedans ta memoire
Mettre quatre mots de Grimoire,
Et les dire, autrement, ma foy,
Les coups retourneroient sur toy.

LUBIN.

Ah ! je veux donc bien les apprendre.
Avant que de rien entreprendre.

M. RAGOT,

Oüy, car il les faut prononcer
Auparavant que commencer,

LUBIN.

Elle va revenir, je meure:
Apprenés les moy tout à l'heure
Et nous allons dans un moment
Voir un diable de changement.

Pour elle & pour moy fort rifible,
Si le fecret eft infaillible
Je ne vous épargneray rien,
Prenés mon honneur & mon bien,
J'ay fort peu de l'un & de l'autre,
Mais difpofez comme de voftre.

M. RAGOT.

Va je ne te demande rien,
Voicy les mots retient les bien.

LUBIN.

Vrayment pour ceffer d'eftre efclave....

M. RAGOT.

Taffe rouzi friou titave.

LUBIN.

La pefte ! quels diables de mots !
Je ne trouve plus à propos
De les apprendre tout à l'heure,
Il me faut deux mois, ou je meure
Avant que de les bien fçavoir;
Adieu, voifin, jufqu'au revoir.

M. RAGOT.

Demeure, il n'eft rien plus facile :
Quand tu ferois plus imbecile
Que la mefme imbecilité,
Je donne la facilité
D'apprendre en un jour une hiftoire.

LUBIN.

Mais donnez-vous de la memoire ?
Il faudroit vifte m'en fournir
Car ma femme va revenir.

M. RAGOT.

Dy donc, tu n'as que de la bave:
Taffe rouzi friou titave.

LUBIN.

Tasse, rosty......

M. RAGOT.

Quoy ! quatre mots.....

LUBIN.

Patience , un peu de repos.

M. RAGOT.

Tasse.....

LUBIN.

Je sçay bien une tasse
Dans laquelle on boit.

M. RAGOT.

Je me lasse.

LUBIN.

Dites-les moy plus posement.

M. RAGOT.

Je parle assez distinctement
Tasse rouzi.....

LUBIN.

Disons ensemble.

M. RAGOT.

Pourquoy m'interrompre?

LUBIN.

Il me semble
Que quand nous parlerons toux deux.
Je les diray peut-estre mieux.

M. RAGOT.

Tasse.

LUBIN.

Tasse. Dis-je pas bien?

M. RAGOT.

Acheve,

LUBIN.

Je ne sçay plus rien.

M. RAGOT.

Et comment donc pretens-tu faire?

LUBIN.

Il faut achever noſtre affaire.

M. RAGOT.

Mais quoy ! ſi tu ne retiens pas.

LUBIN.

Mais que l'on parle mal là bas !
Le langage eſt bien incommode
Dedans la ville d'Antipode !
Cela me feroit deteſter.

M. RAGOT *à part.*

Je ne me veux point rebutter,
Il faut s'armer de patience
Pour bien aſſeurer ſa vengeance,
Elle eſt tantoſt en mon pouvoir.

LUBIN.

Eſcoutez, je croy les ſçavoir:
Taſſerouzi friou titave.

M. RAGOT.

Les voilà, tu n'es plus eſclave,
Ils te rendront Maiſtre chez toy.
Adieu.

SCENE XI.

LUBIN, LUBINE.

LUBINE.

TE mocques tu de moy?

LUBIN.

Ne voila-il pas la carogne ?

LUBINE.

Que fais-tu donc là , chien d'yvrogne?

LUBIN.

Taſſe rouzi friou…..　　*J'y fais…..*
Il ne m'en ſouviendra jamais,
Voiſin:

LUBINE.

Dis ſot, eſt-ce pour rire.

LUBIN.

Il s'en eſt allé ſans rien dire,
Elle a raiſon, faute d'un mot.
Je ne ſuis encore qu'un ſot.
Il rimoit ce me ſemble à cave :
Taſſe rouzi friou titave.
Bon je l'ay retrouvé ſans vous.

LUBINE.

Il faut le mettre au rang des foux.

LUBIN.

Des foux ! pas tant fou que l'on penſe :
Allons , fais moy la reverence.
Et quelque joly compliment.

LUBINE.

Il a perdu le jugement.
Comme ce coquin fait le grave !

LUBIN. *Il la frappe.*

Taſſe rouzi friou titave.

LUBINE.

J'y vay, ne me frappe donc pas.

LUBIN.

La reverence , bas , plus bas ,
Ma foy , cette racine eſt drôle !
Allons , qu'on jouë un autre roole.

LUBINE.

LUBINE.

D'où peut venir cet enragé ?
Dis donc, que diable as tu mangé ?

LUBIN, *Il la frappe.*

Ah coquine tu m'injuries.

LUBINE.

Mon mignon, quitte ces furies.

LUBIN.

Mon mignon ! hé mon chien de cœur:
D'où diable me vient cet honneur ?
Crois-tu parler à ton Compere?
Taſſe rouzi friou, j'eſpere   *Il la*
Te reconnoiſtre quelque jour.   *frappe.*

LUBINE.

Helas ! pardon mon cher amour,
Que veux-tu ? d'où vient ta colere ?

LUBIN.

Va mettre dehors ce compere ,
Et ne le regarde jamais,
Va viſte, & reviens : deſormais
Je ſuis le mary de ma femme ,
Taſſe rouzi friou , mon ame.

SCENE XII.

LE COMPERE, LUBINE, LUBIN.

LE COMPERE.

SOrtir ſi bruſquement ! pourquoy
Dittes donc.

LUBINE.

Pour l'amour de moy.

LE COMPERE.

Ah ! c'est en peu de mots tout dire,
J'obeïs, & je me retire.

LUBIN.

Voila le Compere sorty,
Bon.

LUBINE.

Mon amour, il est party.

LUBIN.

Il est party ! ton cœur soûpire !
Allons, tout à l'heure il faut rire

LUBINE.

Rire & pleurer, je ne puis pas.

LUBIN.

Ris, ou je te romperay les bras,
Ma racine est mal employée.

LUBINE.

Riray-je à gorge déployée?

LUBIN.

Oüy-dà, bien fort ; bon, ne ris plus,
Je trouve tes ris superflus ;
Pleure à present à chaudes larmes ;
On dit que ta voix a des charmes,
Chante, éternuë, auparavant

LUBINE.

Moy que j'éternuë, & comment,

LUBIN.

Comme tu voudras, éternuë,
Eternuë, ou bien je te tuë.

LUBINE.

Mais je ne le puis pas, ma foy.

LUBIN.

Taffe friou titavo, à moy.

LUBINE.
Mais cela n'est pas volontaire.
LUBIN.
Ah! j'ay tort s'il ne se peut faire.
Fais donc un feint éternument;
Dieu t'assiste, je suis content.
LUBINE.
Je le crois tu le dois bien estre,
Tu voulois tant faire le maistre,
Tu l'es de la bonne façon.
LUBIN.
A propos, chante la chanson....
Et là, cette chanson qu'on chante.

LUBINE.
Qui moy? j'ay la voix trop méchante.
LUBIN.
Et la voix, l'esprit, & le corps,
Tu n'es bonne que quand tu dors,
Mais vois-tu, je veux estre maistre,
Et c'est enfin mon tour de l'estre:
Chante pour charmer mes ennuis.
LUBINE.
Je suis malade & je ne puis.
LUBIN.
Il faut donc prendre medecine.
Quatre prises de ma racine
Purgent les mauvaises humeurs.
LUBINE.
Ah! je n'en puis plus, je me meurs.
LUBIN.
Que tu fais mal la decedée!
Tu ferois mieux la possedée.
LUBINE.
Cesse tes coups, je n'en puis plus.

LUBIN.

Chante, tes pleurs font superflus;
Je suis fort content que tu meures,
Pend toy, si tu veux dans deux heures,
Je veux avant que voir ta fin
T'entendre dire Ah ! le bon vin,
Tu as endormy ma mere,
Mais jamais, jamais,
Toure, loure, loure, loure,
Mais jamais, jamais,
Tu ne m'endormiras.

LUBINE & LUBIN *chantent.*

Ah, le bon vin !
Tu as endormy ma mere,
Mais jamais, jamais,
Toure, loure, loure, loure,
Mais jamais, jamais,
Tu ne m'endormiras.

LUBIN.

Mon mignon, mon friou titave,
Commande, je suis ton esclave.

SCENE DERNIERE.

M. RAGOT, LE COMPERE.

Sortans chacun d'un costé.

LUBIN, LUBINE.

LUBIN.

AH, voisin !

M. RAGOT.
As-tu reüſſy ?

LUBIN *au Compere.*
Que venez-vous chercher icy ?

LE COMPERE.
Hen.

LUBIN.
Ne faites point tant le brave;
Taſſe rouzi friou titave,
Vous pourroit mal-traiter , ma foy,
Voſtre giſte n'eſt plus chez moy,
Le temps eſt paſſé.

LE COMPERE.
Hé compere !

LUBIN.
Il n'eſt compere ny commere,
Vous devez eſtre ſatisfait
De tout ce que vous avez fait;
Contez-le pour voſtre partage,
Vous n'en ferez pas davantage,
Car j'uſeray de mon pouvoir.

LE COMPERE.
Et moy je vous feray ſçavoir.....

LUBIN.
Ah ! vous voulez faire le brave,
Taſſe rouzi friou titave.
Mon fils voicy le coup d'honneur
Sers ton tres-humble ſerviteur,
Et fais au moins ſur le Compere
Ce que tu fais ſur la Commere,
Comme diable il gagne le haut.

M. RAGOT.
Mais ſuis-je vangé comme il faut ?
Si vous menez Jean , Jacques ou Blaiſe,
Enfin quelque amy qui vous plaiſe,

Faire chez vous quelque repas
Que voftre femme n'aime pas,
Et qu'elle vous faffe la mine,
Venez emprunter ma racine.

LUBIN.

Par elle mon fort a changé.

M. RAGOT.

Voila, Meffieurs, le Sot vangé.

FIN.

Extrait du Privilege.

PAr Grace & Privilege du Roy donné à S. Germain en Laye le treizième jour de Janvier 1678. signé par le Roy en son Conseil Dalancé. Il est permis au Sieur Poisson de faire r'imprimer toutes les Pieces de Theatre, par luy composées jusques à present lesquelles on-etté representées, sçavoir: *Les Femmes Coquettes: Le Baron de la Crasse: L'aprés souper des Auberges: Le Sot Vangé: Le Fou Raisonnable: Les Faux Moscoviies: Le Poëte Basque, & la Hollande Malade*, & ce conjointement ou separément, en un ou plusieurs volumes, pendant le temps & espace de six années, à commencer du jour que chaque Piece ou Volume sera achevée d'imprimer pour la premiere fois en vertu des presentes, durant lequel tems faisons deffences à toutes personnes de quelque condition & qualité qu'elles soient d'imprimer, vendre ny debiter aucunes desdites pieces sans le consentement de l'Exposant ou de ceux qui auront droit de luy, à peine de trois mille livres d'amande payables sans depost par chacun des contrevenans, confiscation des exemplaires contrefaits & autres peines contenuës plus au long dans lesdites Lettres.

Registré sur le livre de la Communauté.

Achevé d'imprimer pour la premiere fois en vertu des presentes lettres, le 9. May 1678.

www.ingramcontent.com/pod-product-compliance
Ingram Content Group UK Ltd.
Pitfield, Milton Keynes, MK11 3LW, UK
UKHW021633130726
13696UKWH00005B/2166